人生を支える言葉！

いざという時、
断片的に覚えていた言葉が
人生を支える！

著者　釣部人裕

Bandaiho Shobo
万代宝書房

はじめに

進んで「苦労をしたい」と言う人はいるし、「楽になりたい」と思っている人はいるだろうが、進んで不幸になりたいと思っている人はいないであろう。

私も含めて、人は幸せになりたいと思っている（はずである）。

そのためには、「気づくと同時に行う。このときが最もよいときである」、「一息でやり遂げる。全力をあげてなし遂げる」、「一気にはできぬこと、押しても無駄なとき、これはくり返しくり返し倦まず弛まず毎日やって，でき上がるまで続けていく」「悪かったと思って悲しまない。よくできたと思って喜ばない。結果は自分の領分ではない。人はただやるだけである。やればそれでよい」、「後始末をよくする」とよいと言われる。

また、「人生は解釈力で決まる」ともいわれる。

どんな出来事にも意味があり、過去の嫌な出来事を「あんなことがあったからこうなってしまった」ではなく、「あんなことがあったからこそ、今がある」と考えられると、未来だけでなく、過去も変わる。

確かにそうであろう。しかし、それができないのが私である。

生きていると、一つの出来事が、人生観を大きく変えることがある。それは、今までの自分と何も変わらないが、その思い方が大きく変わった時である。

では、【私】とは、【本当の自分】とは、どういう思い方をする人なのか？

「いざという時には体系的な知識は一向に役に立たない。断片的に覚えた名文句が意外にも人生を支える」

これは、ある人から聞いた話である。確かにそうだと思った。

そこで、人から聞いた、人生によいと思う話を断片的にまとめてみた。意外にも読者の方の人生を支えることになれば、幸いである。

二〇一九年九月一五日　　釣部人裕

いざという時、
断片的に覚えていた言葉が
人生を支える！

第二章　健康になりたいあなたに　31

第三章　人間関係に困っているあなたに　45

第四章　仕事ができないと思っているあなたに　72

おわりに　93

第一章　人生に迷っているあなたへ

◆決める

やるぞ！と決めたときに、後から条件がそろってくる！
できそうな条件がそろってから、やると決めるのではない！

◆バージョンアップ

日々、時間に追われて生きてしまいがち…。
だが、自分をバージョンアップするための時間をつくる！

◆受けた教育

受けた教育とは、恐ろしい。
受けた教育こそが人間の全てなのではないか？
日本では、損か得だけか？

◆俺

いいか、もう俺を観て学ぶな！
俺の観ているモノを観て学べ！

◆解釈

私たちは、物事を解釈しようとする。その裏には、「解釈できないのは不安だ」という前提がある。何としても解釈したいという熱意がある。

◆生き急ぎ

即行（気づくと同時に行う。このときが最もよいときである）と、生き急ぎの区別がつかない！

◆知っている

初めて読んだ時に感動した言葉は、2回3回と読むうちに「知っている」になってくる。そして、4回5回6回と読んでいると、だんだんと身につき実行できるようになってくる。

次に、「こんなことといつもやっていること」になってくる。

次に「ここをもう少し変えるともっとよくなるかも…」という気づきが個性をつくる。

知っていても実践できなければ意味がない。

◆生き急ぎ2

今日、次男と歩いていて、私が信号のないところで道路を渡ろうとしたら、止められた。

「なんで信号の所まで行かないの？　そうやって生き急ぐな！」

「だって…」

私は黙りました。

◆自分を作る

信じるに足る自分を作るには
1、知識を増やす
2、自分の生き方を支える哲学をもつ
3、実践的確信を積み重ねる
実際にやってみて、成功体験を積み重ねるしかない!

◆幸せの人

お金持ちの人にも、幸せな人と幸せじゃない人がいる。
有名人にも幸せな人と幸せじゃないない人がいる。
お金持ちになると、なんでも買えるし、贅沢もできる。
普通、お金持ちだったら、幸せになるって思いませんか!?
有名人になれたら、幸せになるって思いませんか!?
自分の欲しいものが全て買えたら、幸せになれると思う!?

でも、人間ってそれでは満足できないようになっている。

いくら物をもっていようが、満足できない。


実は、人間は、人に親切にしないと幸せを感じない生き物。それによってより多くの人が喜び寄ってくる。

人から「ありがとう」って言われる人生。人から「あなたがいてくれて最高！」って言われる人生が一番幸せを感じられる。


では、どうしたらいいのか？

「自分がしてもらうと嬉しいと思う事をしてあげる」

「自分が嬉しいと思う言葉をかけてあげる」

たったそれだけ…。

◆夢

夢がかなう公式はいつの時代も変わらず同じ。

それが本当にかなうと信じて、最後の最後の最後まで行動し続けた人だけが実現することができる。

本気に、人前で夢を本気で語ることって大事だと思う。

「夢・語らい会」はそういう場所。

夢は書き出すもの、夢は語らうもの、夢は実現するもの！

◆命

「なぜ生まれてきたのか」ではなく、「与えられたこの命をどう使うか」と自分に問いかける。

使命とは、理性ではつかむことができない理屈を超えたもの。

「このためになら死ねる」という仕事や人との出会いが命を燃えさせる。

理性で考えた夢は、命に真の喜びは与えない。

「このためになら死んでもいい！」という気持になったとき、命に火がつく。

◆挑戦

多くの人が、新しいことに挑戦するとき、簡単に「はい」ということができない。

どこかで「自分にはできない」と思っているから…。

人間は小さい頃からたくさんの言葉を浴びて、思考回路をつくっていく。つまり、周りの大人たちの言葉を頼りに考え方をつくっていく。

いまの若い人たちの多くには、「いったいどんな言葉を聞いてきたんだ」と、言いたくなるほど、「ダメ理論」に筋を通しているのがとてつもなく怖く感じる。

たとえば、水槽に小魚と小魚を主食にする肉食魚を入れ、2匹の間に透明なガラスを入れる。当然、肉食魚は小魚をめがけて泳ぎ出すが、当然ガラスにぶつかる。それを繰り返していると、いつしか小魚を食べることをあきらめてしまう。ガラスをはずして、小魚が周りを自由に泳いでいても肉食魚は小魚を食べようとはしなくなる。

失敗を繰り返させることにより、心の中に「ムリの壁」をつくってしまう。

それでは、肉食魚が小魚を食べることはムリなのか？


いや、ひとつだけ方法がある。

それは、水槽の中に「ムリの壁」ができていない肉食魚を放り込む。

喜んでパクパク小魚を食べる仲間を見たとき、「ムリの壁」ができていた肉食魚も恐る恐る食べてみようする。


「食べることができるじゃん！」

その瞬間、その肉食魚の「ムリの壁」が崩れた。

自分にできた「ムリの壁」を壊す一番効果的な方法は、「オレはできる！」と、その壁を持っていない人と触れることが、何よりの特効薬になる。


つまり、環境を変える。中でも、付き合う人を変えること。

愚痴や悪口、過去の失敗に後悔している人。

こんな人とは付き合わず、未来や夢を語る人と付き合う。


「あれをしたらダメ」「これをしたらダメ」

「現実で考えなさい」「あんたなんかどうせムリだよ」

こんな心ないマイナスの言葉があなたの可能性をダメにしている。

「大丈夫。お前ならできる！」

そんな言葉を浴びると、人は目をキラキラさせる。

◆進化論では

進化論では、都合が悪くなると「突然変異」が出てくる。

進化論が間違いだとすると、人間は、いつどこから発生したのか？

神様から？　宇宙から？

◆食事文化論？

食事とは文化であり、文化とは集団的な思い込みに過ぎず、特に、価値があるかないかの問題ではない。

世界中にある食事文化というのは、哲学のある一面を見事に描きだしている。イタリア料理、スペイン料理、フランス料理、中華料理、韓国料理、マレーシア料理、インド料理、メキシコ料理、そして日本料理などなど、それはその国独特のものであり、それぞれの国が他の国の追随を許さない。

その国の人々の長い長い歴史が、ひと味ひと味に込められており、お惣菜一つにしても父母の味があり、祖父や祖母の味もあり、生きた村の味もあり、育った町の味もあり、地球の裏側で食べても日本料理は日本の味がする。

私たちは日本人である限り、日本の味がするように育てられており、そのように教育されており、その教育の源には日本の哲学がある。

◆他人を決して殺めるな！

「再審支援」や「犯罪加害者家族支援」をしていると、犯罪者を支援するの？

被害者や被害者家族のことを考えているのか？

犯罪加害者なんて、まともな仕事もつけず死ねばいい！

家族は、いじめられて自殺しても仕方がない！

賠償金払うために、家族がどうなろうが関係ない！

などという人がる（少なくとも私は言われたことがある）。

被害者やその家族ではない人から言われることの方が多い。


私は、全部とは言わないが、犯罪者加害者家族や再審支援者と、加害者自身とは別の人格と思っている。

それなりの割合で、犯罪者加害者家族は、自殺をしたり、うつ病になったり、薬の影響で病気になったり、息をひそめて隠れて生きている人がいる。


私は、「他人の不幸を望むな」と言いたい。先日、犯人に対して、「一人で死んでくれ！というのをやめてほしい」という発言が炎上していた。

本来であれば、「一人で死んでくれ」と願うのではなく、「人を殺さないでくれ」と願うべきだと思う。

「一人で死んでくれ！」というのは、犯人の死を願うことである。それは、他人の死を願った犯人の思考と、そんなに変わらない。

大事なことは、「死を願うな！」だと思う。

他人の死も、自分の死も、願わない方がいい！

人生は、生きながらえるだけで右肩上がり…。

「他人を決して殺めるな！」、そして、「あなたも生きろ！」だと思う。

人には、誰も予想もできないような奇跡の可能性が詰まっている。だから、人の命は大切である。だから、人を殺してはいけない。


どうせ、人間は一〇〇％死ぬ！

生きながらえる必要があるから、命はある！

必要が無ければ、黙っていても死ぬ。


だから、犯罪加害者家族に対して、「死なないでくれ」と願うべきではないかなと思う。

「人を呪わば穴二つ」。

もちろん、犯罪加害者には、罪を償ってもらわなければなりません。

◆特徴的

偽物は容姿や言葉を奇抜にして特徴を作ろうとする。
本物はそんなことはしない。生き方がすでに特徴的だからだ。

◆受けとめる

「あ〜、そうなんだぁ〜」とまずは、受けとめることが重要なんだよ。

◆大股で歩く

明朗になるには、胸を張る、空を仰ぐ、大股で歩く！

◆ボランティアとエゴ

私が自分の中に、誰かに何かしたとき、「感謝されたい」という醜い思いがあることを知っている。

ボランティアをしていると、自分でベストを尽くしても、相手からは、足りないとか、これが欲しかったわけではないと、言われることがある。そうなると、相手に感謝されないと、自分が満たされなくなる。

「支援者」は無意識のうちに、被支援者の心の中に自分の美しい姿が映し出されていることを望んでしまうことがある。この甘美な瞬間に慰められる支援者の数は少なくはない。そしてこれは、支援者に与えられる正当な報酬である。

しかし私たちが相手のために良かれと思って行ったことであっても、相手の心の中に感謝や賞賛ではなく、戸惑いや不満、さらには拒絶を見出すことがある。

この事実がもたらす欲求不満に耐えることは、時にとても難しい。これは、その支援者のナルシシズム（自己愛）のありようが問われる瞬間である。

自分を否定する相手であっても、その人をサポートしたいと思えるのか？

それとも、そこまで言われてまでして、やりたくないと思うのか？

そこがボランティアの真価、なぜ、自分がボランティアをするのかが問われるときである。

◆天分発見の五つのツボ

芳村思風（よしむらしふう）先生はこう言う。
1、やってみたら、好きになれるかどうか？
2、やってみたら、興味関心が持てるかどうか？
3、やってみたら、得手・得意と思えるかどうか？
4、やってみたら、他人よりうまくできるかどうか？
5、真剣に取り組んだら、問題意識が湧いてくるかかどうか？

5つに共通することは、実践することで、肉体を使うことである。天分のツボに、はまった人生ほど面白いものはない。

すべてでなくてもいい。あとは繰り返し、繰り返し、繰り返すだけ。

◆自分探しはしなくていい！

変わらない自分は、ほんとうの自分ではない。変化し成長していく自分がほんとうの自分。自分探しはしなくてもいい、これから作られていくんだから…。

1、どんな人間になりたいか？
2、どんなことがしたいか？
3、どんな生活がしたいか？

小さい頃から、親や先生からの指示命令、規則や枠の中で生きることに慣れてしまい、自分で考えることが少ない。

理想も目標も年齢や時代によって変わっていく。固定していなくてもいい。

◆迷ったときは？

どちらの道を選ぶか迷ったときは、どっちを選んでもだいたい同じ。

迷っているより決断をして、どちらかに決め行動すること。

どちらの道を選んでも問題は出てくる。

問題のない道はない。大切なことは出てきた問題を乗り越え続けること。

考えても答えは出ない。考えても問題は解決しない。

◆空白の時間が怖い？

人は、悲しみを紛らわすために、「楽しみ」というのを追っかけているのではないのか？　「楽しみ」を追っかけているかぎり、自分と直面しないで済むから。

悲しみを忘れられるから…。

「今週はゴルフがあるし、来週はセミナーに参加。最近、ダンスも習い始めたし、もう忙しくてね」


こんな感じ。私たちは、スケジュールがぎっしりだと、ほっとする。だから、スケジュールが空いてしまうと、悲しみというのが、とめどなく出て来る。

それを避けるために、常に何か食べていたり、人と会っておしゃべりしたり、あるいは一日中寝ていたり。

そんなふうに、私たちは、ただ悲しみを紛らわすために、楽しみを追い求めているのではないか？

本当の楽しみというのを、知らない。

生きているそのものの喜びというものを感じることができないのではないか？

生きているだけで丸儲け。

時計を外し、何もしない贅沢を味わっているときが、楽しい！

◆人生をつくる

Life is what you make it.（人生は自分でつくるもの）
夢や目標は、ただ待っているだけで、叶うことはない。
あなたが行動するから、その結果、夢や目標が叶うようになる！

◆すべての存在は

すべての存在は、存在する事への必然性を持って存在している。
すべての存在は、存在する事への必然性を実現しきった時、
完成され衰退していく。

◆支える

いざという時には体系的な知識は一向に役に立たない。断片的に覚えた名文句が
意外にも人生を支える。

第二章　健康になりたいあなたに

◆慣れない！

「穏やか」を基準に生きると、いかに普段テンションを上げて生きているかが見えてしまう！

副交感神経優位の体のメッセージを聞くのは、まだ、私には難しい！

◆免疫力

免疫力アップのサプリメントを開発研究している大学教授と臨床医師の話。

この方々は、信頼できるなーと思ったセリフがいくつかあった。

「免疫はサプリメントだけで捉えたらだめですよ」

「免疫力は一つの要素で捉えてはいけないんです」

「食事、サプリ、生きがい、休息、ストレスなどいろんな要素があり、サプリはその一つでしかないんです」

「免疫力はアップしますが、予防と治療と別に考えないとダメです。健康維持か、治療かで使用方法は異なります」

「サプリメントは、効くか効かないかは個体差があります」

「効いたら儲けもん！効かなかったら、あーあと思うくらいが良い」

サプリメントの開発者の言葉として、これは信頼できるなーと感じた。

もう少し、このサプリメントを調べてみようと思った。

◆病気の定義

新しい病気の定義＝「やり過ぎが何かわからない、それを病気という」というのはどうだろうか？

食べ過ぎ、飲み過ぎ、働き過ぎ、遊び過ぎ、寝過ぎ…。

◆健康長生き

極力、電気も車も使わない生活をすれば、健康長生き！

◆健康長生き2

カタカナの食べ物を、ひらがな・漢字の食べ物に替えると健康長生き！
パン→ごはん、スパゲティ→蕎麦、スープ→みそ汁　など

◆体温調節能力

石油・電気の冷暖房はいらない。昭和二〇年代の室温で充分。
体温調節能力を維持すればいい。だから、原発はいらない。

◆心臓

本当のあなたは穏やかなのに、無理してテンション上げる時があって、それが心臓にも影響しているよ。

テンション上げたら、しっかり休んで下さい。そうしないと、危ないよ。

◆臓器主義？

やっぱり現代医学の臓器主義って、間違いだと思う。
「全身医療＋心＋食事」じゃないと…。血液主義の方がいいと思う。

◆心臓2

今朝、分かったこと。
俺の心臓を、俺は酷使しているトンデモな奴だということ。
もっと、体を大事にしないと、本当にやばいよ！

◆予防原則と未然防止原則の違い

両者は環境上の悪影響を事前に防止するという点では共通。

未然防止原則は、因果関係が科学的に証明されている場合の概念であり、これに対して、科学的因果関係が証明されていない場合に、必要な対策の発動を行うとするのが予防原則であると区別される。

◆予防原則の要件

①科学的不確実性という前提を伴う
原因と損害との間の因果関係を証明するために科学的な証拠を必ずしも必要としない。
②起こりうる損害が、深刻な又は不可逆のおそれがある
③当該行為が環境に対して損害を与えず、したがって、防止的行動は必要ないとすることについての行為者に証明責任を負わせる。

◆避けられるものは避ける

私たちの周りは、毒があふれている。放射能、環境ホルモン、薬剤・抗生物質、有機ミネラル、トランス脂肪酸、遺伝子組換食品、電磁波など。

これらの問題は、「予防原則」で考えるべき。「予防原則」で考えるとは、悪影響を及ぼす恐れがある場合、科学的に因果関係が十分証明されない状況でも、措置すべきという考え方。

「疑わしいものはすべて禁止」といった極端な考え方ではない。

日本は、予防原則を取らない。公害病（水俣病、イタイイタイ病、四日市ぜんそくなど）、アスベスト健康被害など予防原則の考え方を取っていれば、被害を少なくすることができたといわれている。

「国はトランス脂肪酸を規制していないんだから安全なんじゃないの？！」などと思うのは大きな間違いである。毒性のある物質が含まれているモノが今も保険適応ですし、厚生労働省は安全だと言っているのですから…。

予防原則で自分の健康を守る――避けられるものは避ける！

◆科学

科学はしっかりとした哲学とともに使わなければならない！

◆原発のある町

先日、原発のある町に住んでいたという人と原発について話していた。

その人は、原発賛成派だという。理由は、すでに原発で生計を立てている人が何万人もいる。自分の知人にも何人もいる。原発廃止にしたら、彼らの生活はどうするのか？ その町は、過疎化する。病院もなくなる。そうすれば、高齢者は病人はどうすればいいのか？ 原発のお蔭で、生活できているのだ。東京の人は、原発反対と叫ぶが、現地の人のことがわかっていない、そういうのである。

この手の話を二回聞いたことがある。

横須賀と沖縄だ。

米軍をいいと思っている人はいない。でも、そこで、生計を立てている日本人いる。米軍が引き揚げたら、町は過疎化していく。失業対策はどうする？だから、現状で止むを得ない、というのである。

この手の話を聞くと、いつも思い出す本がある。

『転落の歴史に何を見るか―奉天会戦からノモンハン事件へ』（ちくま新書）に、

空母の先頭の時代に入っていたのに、政府や海軍は、なぜ、航空母艦ではなく、戦艦大和をつくったのかについての記述がある。

航空母艦をどんどん作ってくと、何万人という甲板人の失業者が出るため、失業対策がとれないので、航空母艦をあきらめて戦艦を作ったというのである。おかげで戦争は負けたが、造船力はあがり、それは戦後復興に大いに役立った。

放射能は復興するのに、何百年もかかる。

「持続可能な発展」が世界の潮流である。
どうであろうか？
原発を再開ではなく、脱原発し、クリーンエネルギーの開発に努力し、それまでの間は、節電や省エネで国民が犠牲を引き受ける。その間に、原発解体のノウハウを蓄積し、世界に輸出していくというのは…。
廃炉事業で生計をたてる。そんな選択肢があってもいいのではないか？

バーチャルな話だろうか？

◆老後とは、何なのか

① 奉仕活動に専念する。

② 老後を楽しむけれど、①もやる。

これで終わりではないだろうか？

世界の一流人というのは、そうではないだろうか？　現役でやっている人々と、ともに、暮らすのである。

残念なことに日本には、モデルがいない。老後とは、テレビドラマにしか見えない。風呂に入ったり、湯豆腐で一杯やったり、紬の丹前など羽織って、お庭の池の鯉などに、ペットフードなどをばら撒いて、横浜が勝ったの、西武が勝ちにくいのと、そんな会話を独り言のようにつぶやき、不平不満ばかり…。中には、バイアグラの夢など見て…。

このように、老後とは、とても難しい。奉仕活動が、まるで、できない人間は、どうなのるか？

介護保険を、せっせと料金振り込んで、世話になることしか、頭にないようなお方は、人間としてどうなのか？　老後など、ないのではないだろうか？

真の意味の老後など、日本人には、初めから、ないのかもしれない。

◆どこで死にたいか？

「日本です！」

「何で日本なの？」

ここからいろいろやりとりがあったのだが…。ここでは割愛する。聞きたい方は、どこかで会いましょう！お話ししますから…。

日本であれば、どの年代に、どこの地域で生活したいかは、各人が選択すればいい。日本人は土地神話というか、土地に意識が縛られている。

飛行機、ＩＴの発展で、距離の障壁、言語の障壁が無くなってきている。そうすると、当然のように、国内を基準点にどこがいいのか？と考えていたが、地球規模で考えて、どこの国がいいかと考えても問題はない。

実現可能かどうかは別として、各国家は自国の良い点をアピールして、人を誘致すればいい。

例えば、火星、月、その他の惑星に人類が進出したと考えれば、出身地が地球、月、火星となる。

税金は、住んでいる土地に払うことを基本とし、ふるさと納税もありにすると
か…。人類ならできると、リアルに思ったのだ。

ちなみに親父は、この質問に、

「自宅（私のところ）か、戦友の眠るガダルカナル」

と答えた。父は、私のところで、家族に見守られながら息を引き取った。

骨の一部は、ガダルカナル島に散骨した。

◆体験と経験

体験しなければ、真実は語れない。

体験とは、肉体を通して学んだ事実。

経験とは、体験から学んだ知恵。

◆ケチな人

ケチな人がいる。いつ使うか分からないのに、物をため込んでいる。

あてもなく、ため込まれた物は、働きの喜びを奪われて毒素を出す。死蔵は危うい。毒素を出す。なので、使わなくなった物は、適切な処分をしてあげるのがいい。廃棄するなり、転売するなり、リサイクルにだすなり・・・。

◆クヨクヨ

人はあるがままであり、ないがままである。
クヨクヨしない人が健康な人に多いようである。

◆新しい健康の定義

新しい健康の定義「健康とは、赤信号を受け取る力」「赤信号を赤信号として見る力」疾病は、火災報知器。火災報知機がなって、それだけを止めてどうする？根本原因（火の元）にアプローチをしようとしないで、その困りごと、病だけをなんとか消そうとする。

◆頭がいいと賢いの違い

人は悩む。悩めば、胃に穴があくか？　あかない。賢くなるだけ。

バカと言われる人は、悩めない。すぐに投げやりになる。

投げやりというのは、意味ない。でも、バカは、みんなそう、悩めない。

「ああ、もうわかんないー。イライラするー。もう、酒飲みに行こう」

そんな感じ。それをバカっと言いたい。


賢い人は、とことん、自分と向かい会う。自分を見捨てたりしない。だから、賢い人は必ず頭がよくなる。賢いと頭がよいとは別である。

賢いとは、自分のことを見捨てたりしない人。賢い人は悪いことしない。なぜなら、自分を見捨てない人が、何で悪いことをするのか。悪いことをしようと思えば、自分を見捨てないとできない。


頭がよいとは、学校の成績のいい人。ＩＱの問題。

だから、頭がよいのに、悪いことをする人は、いっぱいいる。自分なんかどうなってもいい、人なんかどうなってもいいと思わないと、悪いことはできない。

第三章　人間関係で困っているあなたに

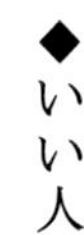

◆いい人

（自分にとって）いい人を探すのではなく、
（自分が相手にとって）いい人になろう！

◆結婚

結婚は、人生の墓場ではなく、「結婚は、恋の終わりで、愛の始まり」。
「愛」とは努力すること。「愛」とは許すことからはじまる。
恋の病は、結婚すれば完治する。

◆所作

人間関係、男女関係を良くするポイントは２つ。
自分との違いを知ることと、所作をきれいにすること。

男女関係で言うと、人間は、基本的に男と女のどちらかしかいない。そして、その男女が交わることによってのみ、新しい生命（男か女）が誕生する。

にもかかわらず、お互いのことがお互いを知らない。ここが大きな誤り。

これを勉強しない限り、男女の溝は決して埋まらない。（「敵を知り、己を知れば百戦危うからず」兵法）。

もう一つ、所作（身のこなし、しぐさ）が、がさつな人はだいたいモテない。息がハアハアうるさい、体の運び方で、バタバタと音を立てたり、歩く度にドアにぶつかったり、壁にぶつかったり、鞄をどっかにぶつけたり、物を雑に扱う、「お前うるさいんだよ！」っていう人がたまにいる。

きれいな所作は、一番コンパクトで、無駄がなくて、音が出ない。

いわゆる、達人の動き。静かに丁寧な動きができる人が、結局モテる。清潔であって静かで丁寧なら、モテないわけがない。逆は、全部嫌われる。

なので、できるだけ所作を静かに、音を出さずに静かに生活するクセをつけたい。これだけで印象がまるで違う。

ガーンと物をおいたり、ドタドタ歩く音、くちゃくちゃと食べている音は汚い、不快な音。

歩くときもサササッーと聞いていて耳障りじゃない音で、立ち振る舞いを静かにして、食べるときも音を立てないように口をしっかり閉じて鼻呼吸をしながら食べたり、物を使う時、例えば、お茶を飲むときも、茶碗を持つときも、包丁を置くときでも、鉛筆を置くときでも、静かにゆっくり置く。

そういう静かに生活する習慣をつけると、ものすごく所作がきれいになって、それだけで、まずモテてくる（はず）。

女性は、そういうところを五感で反応している。本能ではないだろうが、感覚的にうるさい、嫌だ、なんか嫌だなどと感じている。また、実際に体臭がきつかったり、フケがいっぱいあると、もう気持ち悪いというレベル。

◆所作2

所作がきたない、音を立てる人は、男からも女からもまずモテない。

そのような人は、心も安定していない。

自分で意識して、音を立てずに静かに暮らす人は心も落ち着いてくる。所作が落ち着くから、同時に心も落ち着いてくる。粗っぽい人やコップや物をガーンと置いたりする人は、心も相当乱れている。

所作を直しても心が直るし、心が落ち着いても所作がきれいになる。両方からのアプローチの仕方、治し方を知っておくことが大切である。

心が今、乱れている、だから、ゆっくりとした所作をしていこう！と、そういう風にして気がついていけばいい。

正直、乱暴にものを扱う人は、見ていてあまり気持ちよくない。周りに与える影響もよくない。

◆怒りを鎮める技術

クレームの申立者の「お怒り」について、どのように鎮めればよいのか？

そこで、クレーム関連の書籍を買い漁って調べてみた。調べていくと「なるほど…」と感じることがたくさんあった。印象に残った考え方を下記に整理してみた。

相手が「怒っている」時の多くは、
『怒っているということは、理屈が通じないということ』
だという。したがって、
『怒りの感情を断ち切ること↓相手の意識を他に移すこと』
が重要になる。

具体的な「意識を他に移す方法」としては、「人・時・場所を変えること」がいい。

『人を変える』とは、例えば、「その件に詳しい者に代わります」「上司と代わります」等、人を変えることで怒りの継続性を断ち切ること。
『時を変える』とは、改めて話す時間をつくること。電話のクレーム対応には、時を変えることは非常に有効で、「詳しいことをお調べして、折り返し5分以内にお電話をさせていただきます」等、一度怒りを断ち切り、相手の怒りをクールダウンして対応するのがいい。

『場所を変える』とは、例えば、窓口から応接室へ通すことや、カウンターを移動させることで、例えば、「こちらのカウンターへどうぞ詳しくお話をお伺いします」等、とにかく動かすことや、移動している途中で「どちらからお越しになられたのですか？」等、話題を変えて話をしていくと怒りが鎮まってくる。

◆怒りを鎮める技術2

そもそも、根源的な感情である「怒り」を無くしてしまうことはできない。しかし、「怒らない」といった「我慢」で乗り切ろうとすると余計なストレスが溜まる一方なので、「怒り」をコントロールする必要がある。

具体的なコントロール方法としては、

その1：とりあえずスグに「怒り」を鎮めたい場合

効果的なのが「つくり笑顔」心理学的に、一時的に脳がポジティブになり楽しい感情が生まれる。つまり、笑顔を作るだけで楽しい感情を生じさせることができる。

その2：苦手な相手に対してのイライラを鎮めたい

感情を切り離して近寄らない、側から離れるなどの行動に移す。このような「割り切った行動」を取ることで、脳は「怒りの対処がされた」と感じ、ストレスホルモンの放出を抑えてくれる。

その３：「怒り」に対する魔法の手、『紙に書き出す！』

脳の構造上、「怒り」を感じる部位と、「解決策」を練る部位は違う。ムカッとした時など、怒りを感じる部位の方が瞬間的に反応する。問題点を「紙に書く」ことで「解決策」を練る脳の部位がどんどん優位になる。つまり、紙に書くという作業をすることで、脳が、自然と問題解決へ向かわせてくれる。

「冷静な時」なら当たり前の考えでも、怒っている時は、なぜかそれができない。人間という生き物自体の特性として、こうした「脳の特徴」を理解しておくだけでも、「怒りを覚える側」も「怒っている人に対処する側」も役に立つ。

◆明るく仲良く

正しさが一番ではない。明るく仲良くが先。

人間は、正しさを主張するために、正しくないことをすることがある。

◆友だち

友だちにしたい人はどういう人かというと、自分のよいところを認めてくれる人。やはり、そういう人と付き合いたい。会うと悪口を言われるのなら、付き合いたくありません。

◆人の動かし方の手法

【ハロー効果】

「後光効果」ともいわれるが、要は、権威主義。

例えば、弁護士です、公認会計士です、○○大学の経済学の教授です…と肩書で、私たちは「すごい人だ」と感じる。

一つでいいので「得意分野を作る」ことが、人を動かすことに繋がる。


【バーナム効果】

人は、自身を理解してくれる人に信頼を寄せる。

つまり、一度深く信頼されれば、大抵の事は言う事を聞くようになるという点が狙い。相手が、自身の事を知らず知らずに話している事を、きちんと記憶して、言い換えて話すと、相手には「言い当てられたように感じる」ので、信頼できる人だ」と勘違いしてしまう。


【カリギュラ効果】

人は、オープンにされていないことを「見てみたい」という心理にかられる。

要は、秘密を持ち、色々な事を隠す事で、人の関心を誘い、人はこちらを無視出来なくなる。


【バンドワゴン効果】

人は、多く支持を集めているものに同調し易く、心まで動かされる。


【プライミング効果】

のちの導き出したい答えの為に、あらかじめにすり込みをする方法。例えば、今であれば、将棋の話題をしておいて、スーパー中学生で思い浮かぶものは？と質問すれば「藤井聡太」と答えることは確実であろう。

(この流れで卓球の張本選手やサッカーの久保選手とは回答しないであろう)

直接的に質問するのではなく、先にその答えが出るであろう話をしておく。

【おとり効果】

この方法は、お得感や価値観に大きな影響を与えるので、商売の世界で使われる。寿司屋に入って「竹と梅」しかなければ、「梅で」と注文することが多くなるが、「松と竹と梅」であれば、「中を取って竹で」と注文するであろう。店側にとって「松」はおとりで、狙いは「竹を注文させること」なわけである。

◆感情

人は感情で判断して、論理で納得する！
なのに、論理で判断していると勘違いしている奴が多い。付き合いにくい。

◆見込み客

見込み客リストを作ることと、見込み客リストをゼロにすることをセットにする。見込み客をゼロにする人に、次の見込み客が飛び込んでくる！

◆人から与えられた感謝

優しさや気遣いなど、人への愛は与えきりで、一方通行。もし愛が返ってきたら、ラッキー。とにかく与えきり、人にしてあげたことはすぐに忘れること。しかし、人からしてもらったことは、いつまでも覚えていて、感謝をしていく。

◆自分の欲しいものを隠した会話

質問をするとき、たとえば、会社で、同僚や部下に、

「進捗はどう？」

と聞いたら、その裏には、何があるか？　何かを隠していないか？

「まだ、できていないの？　待っているんだよ。早くやってくれよ！」

という意味かもしれない。


今の自分が欲しいことを、ただ伝えたら、どうなるだろうか？

恋人がデートに遅刻してきたときに、「何時だと思うの？」と言う代わりに、「待っていたんだ。来てくれるかどうか、とても心配で。来てくれて、嬉しいよ」と

か、「僕、実は待たされて、怒っているんだ。とてもイライラしてたんだ」と、自分の欲しいことを直接伝えないで、「今、何時だと思ってるんだ?」と質問することを選んでいたとしたら…。


職場でもそう。

「約束のときを過ぎているんだけど、レポートはどれくらいできているの? いつまで待てば、いいのかな?」と言うのと、

「進捗は、どうなの?」。

どっちがストレスがないか?


自分の心の緊張、体の痛み、そして、言われた相手の痛み。日本人は、伝えたい思いと、違う表現をよく使う。忖度を期待しているのだろうか?

お昼時に、「お腹すいてない?」言われれば、「ランチ一緒にどう?」であったり、「今晩、暇?」と言われれば、「帰りに、一杯行かない?」だったり。


私が困るのは、「今度ご飯食べに行かない?」と言われたとき。私の中では「一杯飲みに行きましょうよ」なのだが、本当に、ご飯だけになると、「そうか」と思ってしまう。

なので、私が誘う時は、「軽く一杯行かない?」というか、「ご飯食べに行かない?」と言いながら、手で、一杯飲むしぐさをする。

◆夫婦

「はい。かしこまりました」「なるほど、あなたはそう思うんだね」の返事が夫婦円満の秘訣だよ!とある人が言っていた。

信じるな!疑うな!確かめろ!

◆夫婦2

喜んで働くと、癒されますよ。

だから、家庭に癒しを求めない! だって、仕事ですでに癒されているから…。

求めないし、要求がないから、ケンカにならない。

◆応援

妻や子ども（親）や部下（上司）には、「期待」しないで「応援」すればいい。

「期待」は主体が自分、「応援」は主体が相手。

自分にもかな？！

◆言葉のデモ行進

時々、デモ行進はいいのか？が話題になる。しかし、言葉のデモ行進は気をつけて使いたい！

ある人が、「でも…」「でも…」「でも…」よ、「でも」を連発する人を『言葉のデモ行進』と評していた。

「でも」「しかし」「だって」「バット」…。

これらの言葉は、今までの話を全部台無しにする言葉である。このあとから、その人の本音が出てくる。誰かが、まったく無意識に「でも」とか「だって」を使っていたら、そこから先は本当に注意して聞く必要がある。

前半は、ただの飾り、ということである。

「でも」という言葉は、大変な言葉である。「でも」という言葉ひとつで、今までしゃべったことの全部をひっくり返してしまう。言ってみれば、家族で仲よく食事しているときに、いきなり食卓をひっくり返すみたいなものである。

そういう言葉だから、使うときには、本来なら、それなりの覚悟が必要な表現である。ちゃらちゃらっとしゃべって、最後に「でも」では人間関係がうまくいくわけはない。


「あなたのこと好きよ。でも、嘘つきだから嫌い」

「あなたのこと大好き。でも、背が低いからイヤ…」

言われた方の身にもなってください。


「でも」という言葉を使いたくなったときは、代わりに、「そして」という言葉を使ってみてはどうだろうか？

「私、あなたのこと好きよ。そして、見え透いた嘘をつくところもかわいいわ！」

「私、あなたのこと好きよ。そして、あなたの駄洒落のセンスも好きよ！」

「デモ行進」をしている方、どうだろうか？

◆一番重要なポイント

「釣！ 人とコミュニケーションを作っていく上での、一番重要なポイントは何だと思う？」

唐突に師匠に聞かれた。

「一番ですか……」

私は、考えがグルグル回り答えられないでいた。

「オレは、相手の使った言葉の中で、その人にとって最も価値ある言葉を、そのままくり返すことだと思うんだけど、どう思う？」

「はぁ、なるほど」

そう答えて、話を合わせるしかなかった。

「相手の言葉を、言い換えると、人は反抗するだろう？！例えば、その人が『今日は寒いですね』と言ったとき、こちらが『とても冷えますね』と言うと、そこに違和感が生じるだろう？！」

「確かにそうですね。「寒い」が相手の価値観、「冷える」がこちらの価値観、そこがぶつかりあっていると、コミュニケーションは、くずれますね。でも、そういう人っていますね。自分の価値観の枠に持って行く人って…」

こういうやりとりがあった。

ある航空会社の国際線に乗り、食事の時間になったとき、ＣＡが来て、飲み物を訊かれたから、「赤ワインお願いします」と言ったら、「かしこまりました。レッドワインですね」と返答したという。

そこで、その人は「いいえ、赤葡萄酒です」と言い返したそうだ。

そして、二度とその航空会社には、乗らないと決めたそうだ。

別のＣＡの人に聞いたが、ＣＡが絶対にやってはいけないことだそうだ。

自分がしゃべると、どうしてだか相手が黙ってしまうという人は、もしかしたら、いちいち相手の言葉を言い換えて、話しているのかもしれない。

反対に、「聞き上手」と言われる人、「あの人の前だと、何でも話せてしまう」と人から言われている人というのは、相手の言葉と衝突しない「言葉選び」ができている人なのではないだろうか？

◆自分は誤解されている？

「誰も、俺のことを分かってくれない！」

「みんな、俺のことを誤解している！」

そういう人は結構いる。実は私もその一人だ。でも、ある人に言われた。

「他人のいうことは、だいたい正しい」


「仕事が早い奴」と言われるなら、たぶん正しい。

「気難しい奴」と言われるなら、たぶん正しい。

「面白い奴」と言われるなら、たぶん正しい。

そうではない！というのであれば、そう見えている！と理解したらいい。

こうありたい！という自分と、こう見られている！という自分にギャップがあるだけだ。

「他人は自分を正しく認識していない」という認識こそが大きな過ちである。


思い返してほしい。自分はその人に自分を説明しているのか？

あなたは、正確にその人を理解しているのか？

隠れている、もしくは隠している自分は、本当の自分を相手に見せていないのだから…。

一〇回言っても、相手は分かるかどうかわからない。

あなたが、何を言って、何をやったかだけで、相手があなたを判断する。
つまり、本音を隠していたら、本音を隠したあなたは、誤解されているのではない。あなたが、誤解させているのだ。

◆自分が正しいという立場

数人の盲人が象の一部だけを触って感想を語り合う、というインド発祥の寓話がある。

ある所に六人の盲人（目が見えない人）がいた。彼らは象という生き物を、これまで一度も見たことがなく、今から象を触る事も知らされていません。そんな六人が、ある賢者に誘われて象を触る。

一人目は耳を触り、「触ったものは、大きなウチワのようだった」と言う。
二人目は足を触り、「触ったものは、樹の幹のようだった」と言う。
三人目は鼻を触り、「触ったものは、太いヘビのようだった」と言う。
四人目は腹を触り、「触ったものは、大きな厚い壁のようだった」と言う。

五人目は牙を触り、「触ったものは、硬くて槍のようだった」と言う。

六人目は尾を触り、「触ったものは、細くてヒモのようだった」と言う。

さて、誰が一番正しく象を理解したか？
群盲象を評す（ぐんもうぞうをひょうす、群盲評象）
あるコンサルタントが言っていた。外から見ているのと中でやるのは違うと。外から見ていると、あーすればいいのに、こーすればいいのにと思う。それはたぶん当たっていると思う。でもそれができない内部事情があったりする。それを解決することまでできないと、欲しい結果は得られない。

プールサイドで叫んでもだめだ。かといって、プールに入りきってしまっては、一緒に溺れる。その二つを両立させることが必要だ。

情報は一つの視点で見て判断してはいけない。色々な角度から見ることが必要であり、立場の違う人からの情報も大事だ。

色々な立場の人が集まり情報を共有し、体験することによって、真実が見えてくる。

◆人が質問したことは…

「この本読んだ？　どう思った？」

「この映画、観た？　どう感じた？」

と訊かれたとき、あなたは、どうしますか？

実は、人が質問したことというのは、その人がしゃべりたいことだと思いませんか？

質問されたからといって、ベラベラ答えてしまうと、その人の（しゃべりたいな！）という気持ちを刈り取ってしまう。

「あの人、ＫＹだよね！」「あの人って話しにくいよね！」となってしまう。


日常生活で、もしあなたが、その人のことを知りたいなら、その人のことをもっとわかりたいなら、質問にそのままに答えるのではなく、

「あなたは、どう思ったの？」

って、聞いてあげること。

会話の秘訣です。

私の友人に面白い人がいました。

「ねえ、ねえ、〇〇のこと知っている？」

「あー、知ってるよー」

沈黙するかと思ったら、

「知っててもいいから、聞いて！」

と続ける。

　私は思わず、

「なら、知ってる?じゃなくて、聞いてよ！と言えばいいじゃん」

と言ってしまった。彼は、間髪入れず、

「わかった、聞いてよ！」

「はいはい」と私は、その後、知っている話を聞かされました。

友人は、話し終わると、嬉しそうに去っていきました。

こんなことが、何度か続きました。

◆心のケア

「相手に仕返しをするよりも、傷ついたあなたの心の手当てのほうが大事です」

腹が立つと、あの人にこんなことを言われた、あいつにこんなことをされたと、自分を傷つけた相手を責めてしまう。

もちろん、相手に対して、言うべきことを言うことは大事なことだが、傷つけた相手への仕返しばかりに頭がいって、傷ついた自分の心のケアを見落としてしまう。

お釈迦さまは、

「怒りは、自分の思いが満たされなかったり、妨げられたときに起きるのだ」

と言ったそうである。

腹が立って、相手を責めているときは、自分自身の満たされなかった思いや、傷ついた心がある。この心のケアがなされない限り、どれだけ相手を責めても、怒りはおさまらない。

◆沈黙

「最大の悲劇は悪人の暴力でなく、善人の沈黙である」

沈黙することは、賛成になってしまうことが多い。

◆日本

日本には、「予祝」という前祝いの文化がある。これは、過去・現在・未来を貫き、「決断したら必ず具現化する」という強い意志と、目標達成に向かうチームプレーを強化するもので、古代から続く日本独特の「楽しむ心」の文化である。

一点にすべてを集中して認識し、共感・共有する礼式文化で、団結の魂を具現化させるための日本の知恵がよく表れている。

わかる人にはわかると思うが、本気の予祝のすごさを、最近、痛感している。

◆名札

地位、名誉、能力、経歴のような名札は、「私」という人間が必要があって、身にまとったもの。

名札は『我ならざる我』。名札は、「私」ではありません。

◆周波数

周波数を相手にあわせる！
利他主義って深いんですよね。常に相手の利益を考えるだけ。

◆人の目

「世間一般はどうか」「他からは、どう見られるか」という目で自分を見るのも重要だが、一定以上、責任がある立場になってきたら、「正義」の観点や、「未来はどうなるのか」という観点から物事を考える。

◆自分の視点

他人を変える一番良い方法は、自分の視点を変えること。

◆性格の不一致

相手が自分と同じように考えてくれないと、一緒にやっていけないという人は「自分しか愛せない人」「自分しか認められない人」です。性格の不一致なんて当り前です。

◆結婚に際し

結婚に際し「奥さんの能力」を決め手にすると、旦那さんは能力が高くなる。奥さんの能力に　歯向かうと悲惨な結果に…。

◆属性を変える

嫌いな人に愛想を使うと、自分が本来やるべき仕事にかけるエネルギーを浪費する。凡人が成功に向かって離陸する際には、いままでの人間関係が切れていく時期がある。凡人でありつづける人は、今までに属していた人間関係に引きずられて、行動が起こせない。

第四章　仕事ができないと思っているあなたに

◆今日の仕事は…

穏やかにやってもテンション上げても結果は同じようだ！
疲れは少ない気がするが…

◆マスコミ

『世間を敵に回すマスコミ対応時のＮＧワード』

一般論として、企業が不祥事や製品事故を発生させた際に、マスコミ対応することになるが、この状況では、「普段なら許されるような言葉が、一瞬で世間を敵に回してしまうことがある」ことを強く認識しておく必要がある。
具体的には、以下のような言葉が「ＮＧワード」になってしまう可能性がある。

◇知らなかった、部下がやった
↓責任逃れのように感じる

◇法律は遵守している、法的には問題ない
↓企業として法律を守るのはあたり前の話で、事件・事故を防ぐために、どれだけ事前の努力をしていたのか、ということが聞きたい

◇みんなやっている
↓業界の常識は世間の非常識と認識すべき

◇たいしたことではない
↓実際、結果的には「健康被害は起きていない」などたいした事故ではなかったとしても、これを言ってしまうと、外部の人には、消費者を大事にしていないように聞こえる

今の時代、マスコミ報道は、文字でも映像でも、ＳＮＳを通じて２次使用、３次使用されどんどん拡散していく。つまり、実態以上に尾ひれがついて世間に伝わる可能性がある。このことを政治家など公人や企業人だけでなく、私たち一般人も認識して行動するべきである。

◆裁判

ある弁護士先生とのやりとり。

「裁判所って真実を裁く所と思っていました！」

「それは大きな誤解だね」

◆法治国家？

ある弁護士先生とのやりとり。

「日本は法治国家ですか？」

「はい、放置国家ですよ！」

◆商売

商売は仕掛けること。

「あなたは、私に何してくれるの？」の質問に即答できるか？

◆漁

漁に出ずして、漁はなし。

◆仕事

仕事とは、人に喜んでもらえるような能力と人間性をつくるためにある。

◆裁判官

元裁判官の方の講演の最後の言葉。
「裁判官を40年やって、相対的にものをみることができるようになった。
結局、人間、最後は人に対する人恕（恕は、自分が人からされたくないことは、
人にもしてはならないということ）。論語の世界に行く。要は思いやり。
思いやりって何よ！となる。相手の立場に立てるかどうか。
それができるかどうか。最後は、それが問われる」

◆相手の立場になる

将棋の羽生さんが言っていた。

「相手の立場になって、考えるって、相手の立場になって自分の価値観で考えても意味はないですよ。相手の立場にたって、相手の価値観で考えてみる。そうすることで、見えてくるものがあるんです」

歌でいうなら、Walk a mile in my shoes!かな？

◆週末のゆる〜い記事

研修の時間を午前と午後を間違えてしまった。思いっきり時間調整。
まあ、これで一人会議と本が読める。
ゆっくりしたかったから、結果オーライとしよう。
視えない世界から ゆったりできるお時間いただけましたねー
ご褒美と想って。

◆イソップ寓話「三人のレンガ職人」

あるとき、完成まで百年かかると言われている教会の工事現場で３人のレンガ職人が働いていました。そこを通りがかった旅人が３人の職人それぞれに「何をしているんですか？」とたずねました。

一人目のレンガ職人は
「見ればわかるだろう。レンガを積んでいるんだよ」
と不機嫌に答えました。

二人目のレンガ職人は
「レンガを積んで壁を作ってるんです。この仕事は賃金がいいからやってるんですよ」
と答えました。

三人目のレンガ職人は
「教会を作っているのです。この教会が完成すると多くの信者が喜ぶことでしょう。こんな仕事に就けて幸せです」

と笑顔で答えました。

――――――――――

この三人の職人がやっていることは、『レンガを運んで積みあげる』、ことで、全員同じ。しかし、取り組む意識や姿勢が全く違う。「何をやるか？」よりも、「なぜやるか？」という、「理由」が大切だということを教えてくれる寓話だ。

今の自分に聞いてみよう。何をしているの？

◆ゴルフのレッスンプロ

ゴルフ好き友人は、これまで適当に感覚で打っていた。初めてコースに出たとき、１００強で回った。少しすると、八〇台で回れるようになった。

これはいいぞ！とレッスンプロについた。

左手リードで、腕はここ、腰の回転、壁を作って…、色々なことを言われたが、スコアはガタ落ちした。それでもレッスンプロに通っていると、スコアが少し上がってきた。いくらお金を投入したことだろう！

その後、彼はゴルフをあまりやらなくなった。ある日、アメリカ帰りのゴルフ好きの友人と酒を酌み交わしているときに聞いた話に愕然としただ。

「ゴルフは右手で叩くんですよ！　最短距離で打ち抜く…。野球だってそうですよ。ゴルフや野球のスローモーションや連続写真を見ると、結果左手リードに見えているだけで、それをイメージしているから上手くいかない。高校野球で凄いバッターがプロに行って内角が差し込まれて打てなくなるのは、この勘違いイメージから抜け出せずにプロのピッチャーの速くて切れのある球に対応出来なくなるからなんですよ！　某K選手なんか内角が打てない典型的なパターンですよ！」

その時、彼は悟った。

「そうか！　ゴルフのレッスンプロは本当のことは教えないのだ！」

早くに上達してしまうと、レッスン料がもらえなくなるから…。一旦壊して、その後、徐々に上手くなるように見せかけたのだ。徐々にスコアが上がるから、レッスンの効果があると勘違いしたのだ、と。

◆仕事とは何か

日本人の多くの考え方とは、
・一人ひとりの人間は生まれながらに、全ての可能性をもって生まれてきている。
・だから、やれば必ずできるのだ。
・努力や頑張り、いわゆる自己啓発をすることによって、何でもできるのだ。
・だって、人間は万能なんだから…。
・だから、できないのは、努力が足りないのだ。
・どれぐらいがんばったかは、結果を見ればわかる。
・自分の欲しいものが、手に入ったか否かだ。すぐにわかる。
・自分のもつすべての可能性を、ガンバリに使って、成果の実現をするのだ。

これらをベースに、日本人は学び、働き、生きてきた。

これに対して、インドでは、人は神が造ったもので、人は神に奉仕するために生まれてきている。すなわち、労働こそが神聖な行為であり、奉仕そのものなのだ。という考え方のようだ。インドの国の人々は、あの熱さと、あの貧困の中で、目を輝かせて、生きており、働いている。

さらに、二つの哲学を比べてみると、大きく違うところは、輪廻転生があるかないかではないだろうか？

日本では、人が死んで、肉体が滅んでしまえば、終わり。仏になる。インドでは、たとえ肉体が滅んでも、その人の魂は永遠で、何度でも生まれ変わってくる。

◆ブレイクスルー

ある経営者がこんな話をしてくれた。

あの社員は「苦手だ」「頼みにくい」「使いにくい」と思ったら、何をやるにも、まずその社員にやらせろ！

そして言え。

「おれはお前が苦手だ。お前には頼みにくい。しかし、頼まないとおれの負けだ。申し訳ないが、自分に負けたくないので真っ先に頼みにきた」と。

これが「ブレイクスルー」だ。でも、なかなかできない。

だからこそブレイクスルーなのだ？！

◆好きなことを仕事にしたい！

最近よく言われる言葉である。自分のしたいことをするだけでは、幸せになることは難しい。


自分のしたいことを他人に迷惑をかけずにやるためにはどうしたらいいか？

自分のしたいことを、人の役に立つにはどうすればいいか？

自分のしたいことを、人に喜んでもらえるようにするにはどうすればいいか？

感性からでてきた、自分のしたいことを、理性を手段能力にして考える。

それを考えなければならない。


でも、そもそも、自分のしたいこと、好きなこととは何か？

究極は「このためになら死んでもいい」と思えるかどうかである。

それは、頭で考えてもわからない。心の底から湧いてきたものを自分の肉体を使って、やってみて、はじめて感じることができる。


心の底から湧いてきた欲求欲望を人間的なものにする。

人間的とは、理性を使って、人に迷惑をかけず、人の役に立つものにすることである。

人間にあって、神さまにないものは、欲や我である。欲や我を無くそうとするのは、人間でなくなろうとすることで、「人でなし」になろうとすることである。我を無くすのではなく、自分には我があることを知り、自分の我を、無我ではなく、小我から大我へと成長させる。

それには、一〇〇個くらい、欲しいモノ（コト）を挙げて書くとよい。いったい自分は何をしたいのかという「湧きあがってくる想い」を知ることが一番大切なことである。

そして、肉体を使って、やってみて、実感として感じ取っていく。やってみて、失敗を通して学んでいくのである。

◆アウトプットが先

ホリエモンが、寿司職人のことで炎上しているそうだが…。

※堀江　貴文（ほりえ　たかふみ）日本の実業家、著作家、投資家、タレントである。元ラ

イブドア代表取締役社長CEOである。愛称はホリエモン

その真意は、わからないが、ある映画監督がこう言っていたそうだ。

「カメラマンや映画監督になる事に下積みは必要ないと思いますよ。よくあるのがまず専門学校を出て、弟子になって、スタジオマンで働いて…。ただしそれに何の意味があるんだろうって僕は思います。だからカメラマンとしては、そんな事よりも「今すぐに写真を撮れ」と思います」


どうであろうか? 時代も変わったと思う。

一般的には、写真家になる為にプロカメラマンのもとで修行する。寿司屋になる為に寿司屋の見習いになる。という流れに乗るのが当たり前だった。

結果を出せる人の判断基準で言えば、「修行なんてしてないで、今すぐ写真や映画を撮った方がいい、今すぐ人前で寿司を握れ、ということなのか?」と思う。


この感覚って、分かる面もある。

私の経験上、3つの経験がある。

テニスの指導で、いつから試合をさせるか? 普通は、基本技術がある程度身

についてからである。私は、ラケットのボールがあたり、前に飛ぶようになったら、すぐ試合をさせた。その方が練習のための練習にならないからである。

もう一つは、本をどうやって書くか？　書き方を勉強して、よく調べて…。そんなことしても、いつまでたっても書けない。先ず書くと決めて、何であれ書いていく、すぐに行き詰まる。そこから、書けない箇所や不安のある箇所を、調べていく。

三つめは、速読。速読などのスキルは勉強をしても、一向に身につかない。語学なら現地の人と膝を突き合わせて毎日話さないと身に付かなないし、速読も本に押しつぶされながら、毎日必要に迫られて初めて開花した。

スキルを身に付ける際、インプットとアウトプットのバランスには絶対的な法則があるように感じる。

私は、とにかくアウトプットや実践を先にする。その比率を一五〇％くらいの勢いでやっていくと、その技術は否応なく身につく。インプットは、アウトプットするために、インプットするといったイメージである。

余談だが、私は刺身を切るのが上手である。最初から上手だったわけではない。スーパーの刺身売り場で、来る日も来る日も刺身を切った。ちょっと、教えてもらって、すぐ切る。それが商品として、並んでしまう。先輩のパックと比べると、明らかにレベルは違う。でも切っていく。こちらも必死になる。

アウトプットしながら、インプットしていく。

どうですか？　粗っぽいですかね？！

◆親父

「戦争は絶対にいけない！」

親父がそう言っていた。

「お前が平和に貢献する仕事をしてくれたら、俺はうれしい！」

◆親父2

いいか、きな臭い時代になった。もはや戦後ではなく、戦前かもしれない。戦争になったら、釣部家末代の恥と言われてもいいから、家族を連れて、海外にでも山奥にでも逃げろ。

絶対に戦争の加担をするようなことはするな！

◆くだらない

くだらないこと、ホント無意味なことを考えさせると、その人の考えてることがわかったりする。

普通の意味のある発言をしているときよりも、無意味なことを語らせたり、どんなことを無意味だと思うかについて考えたときは、逆にその人がよく見える。そのことで、自分が何に意味を感じ、何に無意味を感じているかが見える。

◆したいことがわからないのですが…

「したいことがわからない」という時は、他人に与えられたことをしているだけの人生である。

「したいことがわからない」「もっと他に自分に向いていることがあるはず」と思うときは、今自分に与えられていることに真剣に取り組むときである。

今、自分に与えられている仕事や人間関係は、いろいろな縁が重なって与えられたものである。別の道を探しても出会えない。今やっていることに真剣に関わる、本気で取り組んでみる。与えられた縁や人間関係を活かしきったとき、目覚めてくるものがある。

今やっている仕事が、面白くないのは、まだまだ本気で取り組んでいないということである。本気でやれば、その仕事の意味や価値や素晴しさを感じることができる。

意味や価値やすばらしさを感じて、燃えて取り組んだとき、そこから新しい人間関係や縁や運が開けてくることがある。そこから、新しい別の道が開けることがある。やりきったとき、今の仕事以外のところに新しい道が開けることもある。

解釈のしかた・考え方で差が出てくる。

失敗も体験・経験として受け取る。失敗した人にしかわからない心情もある。体験した人にしか語れないことがある。真実のみが人を動かす。

◆順番が違う

Ready, Aim, Fire（構え、狙え、撃て）ではなく、

Ready, Fire, Aim がビジネスでは勝つ秘訣。

さっさと「試作品」を小さく作って（Ready）、実際に売ってみて（Fire）、それからフィードバックを集める（Aim）。

◆働き方改革

「働き方改革」いいが、ベースは、「仕事は辛いモノ！」だよね。

「働くことは喜び！」とするのが、働き方改革じゃないの？！

◆駄目社員

駄目社員は、たいてい、

「これが普通でしょう」

「人間は、こんなものではないでしょうか」

「私は何も悪いことはしていません」

などと思っている。

◆時間がない

「時間がない」は最低な言い訳だ！　時間は作るもんだ！

時間が作れないというのであれば、自分は無能であると公言しているようなものだ。

大切なこととわかっていて、それをしないのは、大切だと思っていないということ。

時間がないというのは、やるべきことの優先順位を間違えている証拠。

優先順位の高いことからする。

◆自分一人でできる仕事

自分一人でできる仕事は、その人がいかに器用であるかを証明するかもしれないけれども、その器用さは人使いの器用さには通じない。

◆出世

出世の条件の第一は、とにかく働くことが好きであること、一生懸命に働くことであるのは間違いがない。

おわりに

私たちは、一瞬一瞬、生まれて初めてのことしか体験していません。なのに、過去の情報（知識や体験）具体的には、「地位」「名誉」「能力」「経歴」「嗜好」「利害」「善悪」「価値」に代表される物の見方・考え方に基づいて（時には、すがって、時には、こだわって、時には、しがみついて）、今日を生きようとしたり、未来を計画しようとしています。

自分の日常を丁寧に見てみると、一日に何度も選択していることに気付きます。当たり前のように何も考えずに、習慣のように選択すること、すごく考えて選択すること、人の話に影響を受けて選択することなど、様々です。

その中で、どう選択していいか、判断がなかなかつかないこともあります。そんな時に、「いざという時」に、その過去の情報に、一瞬にして新しい風を入れてくれるのは、「体系的な知識」ではなく、「断片的に覚えた名文句」ではないでしょうか？

そういうことって、けっこう多くありませんか？

もちろん、「断片的に覚えた名文句」の後に、「体系的な知識」は必要になりますが…。

釣部人裕

著者プロフィール

釣部　人裕

ジャーナリスト・ノンフィクション作家。

1961年、北海道札幌市生まれ。札幌北高等学校卒業。

筑波大学（体育専門学群健康教育学科）卒業。元高校教師。

専門はソフトテニス、運動栄養生化学。

著書は、『決定版 歯の本—歯医者に行く前に読む』『口の中に毒がある』『究極の歯科治療』『油が決める健康革命』『再審の壁』『求ム！正義の弁護士』『つりひろの男の料理』『「ガダルカナルの戦い」帰還兵の息子』『つりひろの入院妄想記』『75点の英語力で充分伝わる！』など。

【連絡先】　Office Tsuribe
お問い合わせは、メールでお願いします。
info@tsuribe.com

装丁・デザイン／伝堂 弓月

人生を支える言葉
～いざという時、
断片的に覚えた言葉が人生を支える！～

2019年9月15日　第1刷発行
著　者 釣部 人裕
発行者 釣部 人裕
発行所　万代宝書房
〒170-0013 東京都豊島区東池袋1丁目34番5号
いちご東池袋ビル 6階
電話 03-5956-0140（代表）　FAX 03-6914-5474
ホームページ：http://bandaiho.com/
メール：info@bandaiho.com
印刷・製本　小野高速印刷株式会社

落丁本・乱丁本は小社でお取替え致します。

ISBN　978-4-910064-04-8